AF263321

VOYAGE

AU CIMETIÈRE DU P. LACHAISE,

LE 18 MARS 1821:

HOMMAGE A LA MÉMOIRE DE M. DE FONTANES,

FRAGMENT ÉPISODIQUE D'UN POÈME SUR LE SILENCE, LU A LA SOCIÉTÉ
DES BONNES-LETTRES,

PAR M. LEGRAND.

A PARIS,

DE L'IMPRIMERIE DE C. J. TROUVÉ,

RUE-NEUVE-SAINT-AUGUSTIN, N° 17.

1822.

VOYAGE

AU CIMETIÈRE DU PÈRE LACHAISE,

Le 18 mars 1821.

Il existe un état dont la paix est profonde.
Aux grands événemens de la scène du monde
Les peuples de ces bords constamment étrangers ,
Des révolutions bravent tous les dangers.
Leur maître avec le temps a vaincu tous les hommes.
Pourquoi lui reprocher , (injustes que nous sommes) ,
D'anéantir nos droits , de confondre nos rangs ?
Il enlève à jamais aux petits comme aux grands
L'avarice , l'orgueil et la haine et l'envie,
Tous les fléaux nombreux qui dévastent la vie ;
Et la foule , qui dort entre ses bras d'airain ,
Ne rêve plus le nom de peuple souverain.
Aussi , sous le tyran qui gouverne l'empire
Ne murmure-t-on point. Là , jamais ne conspire
Contre l'autel , le trône , et les mœurs et les lois ,
Celui qui fut payé pour défendre les rois ;
Celui qui de Thémis a porté la balance ;
Celui dont la faveur augmenta l'insolence ,
Et le riche hautain prêchant l'égalité ,
Et l'ignoble affranchi parlant de liberté.
Là , d'un esprit pervers la plume abominable
Ne prête plus au crime une couleur aimable ,
Et d'un peuple égaré le tribun factieux
N'y souleva jamais les flots séditieux.
. . . .

Vous que n'attire point en ce lieu solitaire
D'un soin religieux l'hommage tributaire ,

Et qui pouvez sentir, libres d'affliction,
De la tendre pitié la douce émotion,
Des tombeaux avec moi visitez le silence.
Que chaque année, au moins, notre vague indolence
Y promène une fois son utile loisir,
Nous deviendrons meilleurs : mais quel moment choisir ?
Est-ce quand le printemps, plein d'amour et de joie,
Charme et semble ignorer les grâces qu'il déploie ?
Quand l'été dans sa gloire et comblant tous nos vœux,
Joint l'éclat de ses dons à l'orgueil de ses feux ?
Non : c'est lorsque l'automne, et plus grave et plus sombre,
Rappelant l'âge mûr dont il retrace l'ombre,
D'une ardeur insensée est de même affranchi :
Ou bien, lorsque l'hiver, au front chauve et blanchi,
De la cime des monts que glace son haleine
Ne voit plus les ruisseaux serpenter dans la plaine.
Des biens qu'elle a perdus la terre comme en deuil,
Plaît à l'infortuné qui lui donne un coup-d'œil,
Et des ennuis secrets dont notre âme est atteinte
Son aspect à nos yeux réfléchissant la teinte,
Nous croyons voir en elle une amie, une sœur
Dont le triste sourire annonce la douceur,
Et dit : *Vous n'êtes point avec une étrangère.*

Que du siècle surtout la pompe mensongère
Ne vienne pas offrir aux pélerins distraits
De ses séductions les dangereux attraits.
Du charme suborneur pour détourner la source,
L'homme a dans sa pensée une prompte ressource :
Le doute inquiétant d'un sinistre avenir,
Ou d'un mal trop certain le cruel souvenir ;
Le siècle alors recule et son fantôme passe.

De sept hivers complets nous mesurions l'espace,
Depuis le doux printemps dont l'aimable retour
Vit renaître les lys rendus à notre amour :

Les cieux étaient sereins ; mais des vœux pleins de rage
Aux vapeurs de l'enfer demandaient quelque orage.
De noirs Napolitains la bouillante fureur
Du Vésuve enflammé reproduisait l'horreur,
Et, des bords de la Seine, une bande hardie
Saluait le désastre, invoquait l'incendie,
Et des peuples tyrans de leurs rois abattus
Chantait la liberté, la gloire et les vertus.
Malheureux ! du volcan qui verse au loin ses laves
Tous les champs désolés ne sont-ils pas esclaves ?
Les révolutions vous ont-elles promis
De traiter leurs amans mieux que leurs ennemis ?
Et ne savez-vous pas qu'à l'heure où le sol tremble,
Chaumières et palais disparaissent ensemble ?
La France en fut la preuve, et le jour n'est pas loin
Où l'Espagne peut-être en sera le témoin !
Si le même destin nous menaçait encore ;
Si du nord au midi, du couchant à l'aurore,
Les peuples en délire allaient tous à la fois
Briser insolemment le joug sacré des lois ;
Combien alors, combien je porterais envie
A ceux qui noblement ont vu trancher leur vie !
Et dont les yeux éteints ne sont plus condamnés
A voir les vœux rompus, les autels profanés,
Toute pudeur enfreinte avec pleine licence,
Le crime sous le dais accuser l'innnocence,
La probité, l'honneur indignement proscrits,
Sur le livre de sang les plus beaux noms inscrits,
Le carnage toujours succédant au carnage,
Et de l'horrible mort partout l'affreuse image !

Tel était le tableau dont mon esprit frappé
Déroulait la noirceur, quand, au monde échappé,
Je m'avance, à pas lents, vers ce terrein jaunâtre
Où les tombeaux semés en long amphithéâtre,

De Paris, quelque jour, grâce aux dons de la mort,
Embrasseront les murs de l'orient au nord.

Déjà le bruit des chars dont la roue importune
Fatigue le pavé, l'oreille et la fortune,
Des coursiers bondissans qui sèment sur leurs pas
La peur et le péril, la fuite ou le trépas ;
Des organes du temps les sons mélancoliques,
L'airain majestueux des grandes basiliques,
Ces différentes voix qui dans la même tour
Tantôt parlent ensemble et tantôt tour à tour,
Enfin, tout le fracas de cette enceinte immense,
A l'entrée où des morts le domaine commence,
Semblait s'évanouir ; et je n'entendais plus
Qu'un bourdonnement sourd : comme, dans les reflux,
Expire en murmurant la vague monotone,
Ou, dans un bois lointain, le souffle de l'automne.

Sur la terre qui couvre et le mal et le bien
Je m'arrête, j'écoute, et je n'entends plus rien.

Ce silence nous donne un avis salutaire :
Puisqu'enfin de la mort le terrible mystère
Après un peu d'éclat, de mouvement, de bruit,
Amène le repos de l'éternelle nuit ;
Que du sein de la tombe où nous devons descendre,
La voix qui bénit Dieu ne se fait plus entendre ;
Pauvres pécheurs ! tandis que nous vivons encor
Des sentimens pieux favorisons l'essor.
Prions pour les parens, pour les amis dont l'âme
Attend de nos soupirs la paix qu'elle réclame ;
Et que puisse la nôtre obtenir à son tour
Dans le même besoin même preuve d'amour !

Mais dans l'immensité des vastes cimetières
Qui peut compter les morts affamés de prières !

Et pour ne pas citer le dangereux ami,
Le cœur dénaturé, l'implacable ennemi,
L'homme dont la grandeur opprima l'indigence,
Le traître dont la rage a servi la vengeance,
Qui ne fût qu'assassin et que l'on crût vainqueur,
Et l'infâme apostat qui s'est dit en son cœur :
« Trahissons à la fois par un double parjure
« Le serment que je fais et celui que j'abjure » ;
Et ceux que, sans la tombe, animeraient encor
La sombre ambition, l'ardente soif de l'or,
L'orgueil qui dans ce monde a fait tant de victimes,
Et plus que l'intérêt, père de tous les crimes.... (1)
Ici, combien d'objets tristes, chers et touchans
Ont mérité nos pleurs, nos regrets et nos chants !
Cet enfant malheureux, qui, par l'eau salutaire
N'ayant point effacé la tache héréditaire,
De la porte des cieux ne passe point le seuil :
Celui dont le berceau fut voisin du cercueil ;
Le jeune homme brillant et de force et de gloire ;
A qui des longs honneurs du temple de mémoire
Un coup affreux du sort a fermé le chemin ;
Le père, en cheveux blancs, dont la débile main
Bénit au dernier soir sa famille attendrie ;
Le frère infortuné qui d'une sœur chérie
Mourut sans recevoir le doux embrassement ;
La vierge qu'à l'autel attendait un amant,
Et pour qui fut changé, non loin du sanctuaire,
Le flambeau nuptial en torche funéraire ;
Et toi, qui sur leur tombe as versé tant de pleurs !
En charmant tes ennuis, sans tromper tes douleurs,
L'amitié crut guérir ta blessure profonde,
Et prolonger tes jours dans le désert du monde :

---

(1) Voltaire a dit dans *la Henriade* :

Et l'intérêt enfin père de tous les crimes.

Espoir touchant, mais vain ! soins doux, mais superflus !
Consola-t-on Rachel quand ses fils n'étaient plus ?
. . . .

Avant de terminer le saint pélerinage,
Contemplons un moment ce grand lac, où surnage
De tant de naufragés le simulacre vain,
Et leur nombre en deux parts se divisant soudain ;
Des deux sociétés j'y trouve le symbole.

L'une, reconnaissant la divine parole
Est la fille du Dieu qu'a prêché Massillon,
Qu'adorèrent Pascal, Bossuet, Fénélon :
L'espérance, la foi, la charité l'attache
A la Croix où mourut l'Agneau pur et sans tache,
Et ne pensant qu'au prix qu'elle doit recevoir,
Prier est son besoin, souffrir est son devoir.
Dans ses traits sont empreints la candeur, la décence ;
Et, sœur du repentir comme de l'innocence,
Unissant la noblesse à la simplicité,
La force à la douceur, la grâce à la bonté,
Elle croit s'enrichir de tout ce qu'elle donne :
A tout ce qui l'offense avec bonheur pardonne,
Commande sans orgueil, obéit sans regrets,
Et déjà dans ce monde elle a connu la paix.

L'autre, enfant naturel de l'homme et de la terre,
D'une source divine abhorre le mystère.
S'indignant d'un bonheur qu'elle ne conçoit pas,
Sa raison lui suffit pour conduire ses pas,
Et l'orgueil l'aveuglant de lumière en lumière,
Elle n'aperçoit plus l'auteur de la première.
Delà, s'attribuant le pouvoir souverain,
Son audace est sans borne et ses desirs sans frein :
Blâmant ce qu'elle ignore, ignorant ce qu'elle aime,
Mettant le bien en doute et le mal en système,

Elle donne à chacun son intérêt pour loi ;
Pour Dieu, l'opinion, pour régulateur, soi :
Telle qu'en ses écrits Voltaire la souhaite,
Telle qu'il l'a conçue et que trente ans l'ont faite !

Aussi (de notre temps trop juste expression !)
Voyez dans ces tombeaux quelle confusion !
De genres opposés quel mélange bizare !
Et de morceaux finis quel ensemble barbare !
On dirait, à les voir, pour la première fois,
Que d'hommes différens et de mœurs et de lois,
Qui ne purent jamais se parler ni s'entendre,
Ils portent l'épitaphe et renferment la cendre !
Ose-t-on le nier ? la preuve est simple : ici,
Sur trois mètres carrés, colosse racourci,
Du style Égyptien, c'est la pesante masse ;
Là, c'est d'un temple grec l'élégance et la grâce :
L'architecture, ici, semble avoir imité
Des Romains primitifs la rude austérité ;
Elle nous montre, là, sous les traits arabesques,
La brillante valeur des temps chevaleresques :
Et quand mille tombeaux, sous leurs ombrages verds,
Rassemblent du sérail tous les parfums divers,
De sépulcres à nud la foule désolée,
De Josaphat, plus loin, figure la vallée.
. . . .

Je n'examine point si tous ces monumens
Dont la forme varie avec les ornemens,
D'un ciseau toujours pur manifestent l'empreinte :
Si l'ordre d'Ionie et celui de Corinthe,
Y rappellent ou non ces chefs-d'œuvre des arts,
Qui, d'Athènes, passant au palais des Césars,
Des murs de Constantin oublièrent la route :
Mais, soit que ces tombeaux s'arrondissent en voute,
Montent en pyramide, ou qu'un Mansard nouveau
Les dresse en obélisque ou les creuse en caveau ;

Que m'importe le luxe et la magnificence,
Quand du signe chrétien j'y remarque l'absence ?
Croit-on qu'il sera lu par nos derniers neveux ,
Ce marbre où le Néant a fait parler ses vœux ?
Et la concession par le fisc assurée ,
Devient-elle un garant d'éternelle durée ?

Reine des nations ! Babylone ! Memphis !
Vous , héritiers des Grecs ! (qui n'êtes pas leurs fils ;)
Où sont-ils les témoins des grandes funérailles ,
Dont la gloire et la mort ont peuplé vos murailles ?
De ces grands monumens si solides , si beaux ,
Il ne reste plus rien ; pas même les tombeaux.....
Et de ceux dont la pierre insulte à l'Évangile ,
Le temps respecterait l'impiété fragile !

Mais que dis-je ? ce globe où de rares humains ,
Lèvent encore à Dieu leurs suppliantes mains ,
Doit-il durer toujours ? Ce soleil qui l'éclaire
Ne doit-il pas s'éteindre au jour de la colère ?
Quand Dieu ne voudra plus être un dieu créateur ,
Et que , la foudre en main , l'ange exterminateur
Versant tous les fléaux de la coupe féconde ,
Restera seul debout sur les débris du monde ,
Qu'aurez-vous à répondre au grand Juge irrité ,
Atômes orgueilleux , qui l'aurez insulté ?
Prendrez-vous pour excuse un exemple profane ?
C'est vous justifier par ce qui vous condamne :
L'ignorance du siècle ? Il se disait instruit :
Les suffrages du monde ? Et le monde est détruit.

Tandis qu'à ces pensers mon âme s'abandonne ,
Un char funèbre vient : les lys de la couronne ,
Les sciences, les arts, les lettres sont en deuil :
Une foule éplorée entoure le cercueil....
Quel est donc ce mortel de qui la sépulture
Émeut profondément l'amitié , la nature ,

Et les parens qu'ici mène un pieux devoir,
Et la cendre du seul... qui va le recevoir?
Du seul !.. et cependant tous les tombeaux gémissent.
D'où vient qu'à ce bruit sourd tous les marbres frémissent?
Est-ce une illusion? et qu'est-ce que je vois?
Quand, soudain, de la terre une invisible voix
Fait entendre ces mots à mon âme étonnée :

« C'est du chantre des morts la dernière journée :
» Ils se raniment tous et veulent honorer
» Le poëte divin qui sut les célébrer.
» Cher Fontanes! en vers dignes du roi prophète,
» Tu ne peindras donc plus le jour de notre fête!
» Tu ne diras donc plus, de morts environné :

» *O moment solennel! ce peuple prosterné,*
» *Ce temple dont la mousse a couvert les portiques,*
» *Ses vieux murs, son jour sombre et ses vitraux gothiques,*
» *Cette lampe d'airain, qui dans l'antiquité,*
» *Symbole du soleil et de l'éternité,*
» *Luit devant le Très-Haut, jour et nuit suspendue ;*
» *La majesté d'un dieu parmi nous descendue,*
» *Les pleurs, les vœux, l'encens qui montent vers l'autel,*
» *Et de jeunes beautés, qui sous l'œil maternel*
» *Adoucissent encor par leur voix innocente*
» *De la religion la pompe attendrissante ;*
» *Cet orgue qui se tait, ce silence pieux,*
» *L'invisible union de la terre et des cieux,*
» *Tout enflamme, agrandit, émeut l'homme sensible :*
» *Il croit avoir franchi ce monde inaccessible,*
» *Où sur des harpes d'or l'immortel Séraphin,*
» *Au pied de Jehovah, chante l'hymne sans fin.*

» Avec plus d'harmonie, on doute que les anges
» Puissent du roi des cieux entonner les louanges;
» Aussi répétons-nous tes sublimes acccords,
» Pour célébrer les vers que tu fis sur les morts.

» Mais parmi les vivans dont l'élite, à cette heure,
» Entoure de sanglots ta dernière demeure,
» Un des plus chers, hélas ! que tu viens de quitter,
» D'un tribut personnel en voulant s'acquitter,
» De tous les bons Français se rendra l'interprête :
» Et dans le magistrat, l'écrivain, le poëte,
» Trouvant l'amour du bien, comme le goût du beau,
» L'héritier des Rollin, des Crévier, des Lebeau,
» D'un modèle si pur le portrait plein de charmes,
» Aux yeux indifférens arracherait des larmes. »

L'ange des morts se tait. L'orateur des vivans
Parle, touche, attendrit, pairs, citoyens, savans.
Le cercueil disparaît. Le cortège s'écoule :
Je le suis en silence ; et, perdu dans la foule,
Je pleurais des Bourbons le noble serviteur,
L'ami de tous les miens, le maître.., un bienfaiteur.

www.ingramcontent.com/pod-product-compliance
Lightning Source LLC
Chambersburg PA
CBHW050716070726
47597CB00010B/4477